EL BARCO
DE VAPOR

# Los sueños de Aurelia

## Eduard Márquez

Ilustraciones de Beatriz Castro

Traducción de Pau Centellas

sm

**fundación sm**

**La Fundación SM destina los beneficios
de las empresas SM a programas culturales
y educativos, con especial atención a los
colectivos más desfavorecidos.**

Si quieres saber más sobre los programas
de la Fundación SM, entra en
**www.fundacion-sm.org**

# LITERATURA**SM**•COM

*Agradecemos a los alumnos de Educación Primaria de la Escuela Ideo,
en Madrid, la lectura y validación de este texto.*

Primera edición: septiembre de 2019

Gerencia editorial: Gabriel Brandariz
Coordinación editorial: Iria Torres
Coordinación gráfica: Lara Peces
Adaptación y edición del texto: María José Sanz, María San Román

© del texto: Eduard Márquez, 2001, 2019
© de las ilustraciones: Beatriz Castro, 2019
© Logo de lectura fácil: Inclusion Europe.
 Más información en www.easy-to-read.eu/european-logo
© Ediciones SM, 2019
 Impresores, 2
 Parque Empresarial Prado del Espino
 28660 Boadilla del Monte (Madrid)
 www.grupo-sm.com

ISBN: 978-84-1318-126-4
Depósito legal: M-19941-2019
Impreso en la UE / *Printed in EU*

A la memoria de Dolors

# ÍNDICE

¡Hola, soy Aurelia!
Nunca me acuerdo
de mis sueños.
Y no puedo contárselos
a mis amigos.

Yo soy Ifigenia.
Siempre me acuerdo
de mis sueños.
Mis sueños
son los mejores.

¡Hola!
Soy el hada Clementina.
Voy a ayudar a Aurelia
a recordar sus sueños.

Yo me llamo Galb
y soy un baldanders.
Soy un ser mágico
y puedo convertirme
en muchas cosas
diferentes.

Yo soy Onofledis Baumol.
Colecciono seres mágicos
como Galb.

# 1
## EL HADA CLEMENTINA

Aurelia está harta.
En su colegio, cuando están en el patio,
alguien empieza a contar un sueño.
Pero a ella siempre le pasa lo mismo.

Aurelia no se acuerda de sus sueños
y se siente diferente a los demás.

Sus amigos empiezan a contar los sueños
y se acuerdan de muchas aventuras mágicas,
historias misteriosas y rincones maravillosos.

Aurelia les escucha un poco enfadada
y siente envidia.
Ella también quiere recordar sus sueños.

Antes, Aurelia creía que no soñaba,
pero su madre le explicó que eso es imposible.

**Madre**     —Aurelia, todos soñamos.
              Pero hay gente que al despertarse
              no se acuerda de nada.

Aurelia tiene muchas ganas
de contar sus sueños en el colegio.
Cuando sus amigos le preguntan
qué ha soñado, Aurelia no se acuerda
y eso le da vergüenza.

Por las noches, en su habitación,
Aurelia cierra los ojos y pide un deseo.
Por la mañana quiere acordarse de su sueño.

Pero no lo consigue.
A veces piensa en inventarse alguna historia.
Pero decir mentiras le da dolor de barriga.

Entonces, Aurelia decide buscar en internet trucos para recordar los sueños.
Y encuentra algo increíble.

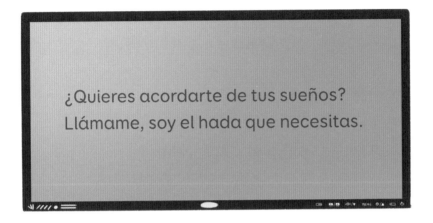

¿Quieres acordarte de tus sueños?
Llámame, soy el hada que necesitas.

¡Un hada! Aurelia no se lo cree.
¡Ha encontrado el teléfono de un hada!

El número de teléfono del hada tiene 83 cifras.
Aurelia nunca ha visto un número así.

Coge el teléfono y empieza a marcar,
con mucho cuidado para no equivocarse.
Escucha atenta, pero nadie responde.
Suena el mensaje del contestador.

**Contestador**    —Este es el contestador
                   del hada Clementina.
                   Lo siento, Aurelia,
                   ahora no estoy.
                   Pero ven mañana,
                   tengo lo que necesitas.

Aurelia está sorprendida y mira el teléfono.

**Aurelia**        —¿Cómo sabe que soy yo?

El contestador se ríe.

**Contestador**    —Porque solo las niñas
                   que no recuerdan sus sueños
                   pueden marcar un número
                   así de largo.

Al día siguiente, Aurelia visita al hada.
Está un poco nerviosa, pero llama a la puerta.
La puerta se abre sola y Aurelia entra.

Hay un pasillo muy largo.
Al fondo está una viejecita
con un vestido de colores.
Es el hada Clementina y juega con un tren.

**Hada**    —Bienvenida, Aurelia.
              Te he preparado una pócima.

El hada Clementina mira a su alrededor.
La sala está llena de armarios y estanterías
y el hada Clementina no encuentra la pócima.

La máquina de tren se para y empieza a hablar.

**Tren**    —La pócima está en el costurero.

Aurelia reconoce la voz del tren,
pero está confundida
y no recuerda dónde la ha oído.

El hada Clementina abre un cajón
y saca un frasco con la pócima.

**Hada** —Toma una gota antes de dormir
y recordarás tus sueños.

**Aurelia** —Pero ¡espera!

**Hada** —¡No tengo tiempo!
¡Estoy muy ocupada!

Aurelia vuelve a su casa.
Esa tarde le parece muy larga,
quiere que llegue la noche.
Después de cenar y lavarse los dientes,
Aurelia da un beso a sus padres.

**Aurelia** —¡Buenas noches!

**Padres** —Es muy pronto para acostarte.
¿Te encuentras bien?

**Aurelia** —Sí, pero tengo sueño.
En Educación Física
hemos corrido mucho.
Estoy muy cansada.

**Padres** —Entonces descansa, hija.
¡Buenas noches!

Aurelia se encierra en su habitación
y se sienta en la cama a tomar la pócima.

Destapa el frasco con mucho cuidado,
toma una gota de la pócima y cierra los ojos.

Se siente bien.
Solo nota un ruido de pasos.
Parece que dentro de su barriga
hay un montón de gente caminando.

## 2
# EL PRIMER SUEÑO DE AURELIA

Al día siguiente, en el recreo,
Aurelia está nerviosa y muy impaciente.
Quiere contar su primer sueño.

De camino al colegio, ha repasado el sueño
para recordar todos los detalles.

Aurelia piensa que no es un sueño divertido,
pero es el primero.
Seguro que los siguientes serán maravillosos,
como los de sus amigos Ana y Juan.

También piensa que sus sueños
serán como los de Ifigenia.
Ifigenia es muy antipática,
pero sus sueños son geniales
y todos los escuchan con la boca abierta.

Aurelia sigue nerviosa,
casi no puede comer el bocata.
Por fin, Ifigenia la mira.

**Ifigenia**     —Aurelia, ¿y tú?
                 ¿Todavía no te acuerdas
                 de tus sueños?

Aurelia se pone roja y empieza a hablar.

**Aurelia**     —Pues he soñado con un laberinto.
                 Las paredes eran de ramas y hojas.
                 Las hojas eran verdes,
                 pero también había hojas azules,
                 amarillas, negras, lilas y blancas.
                 No sabía por dónde ir.
                 El laberinto era un lío.

                 Después las paredes eran de barro.
                 Había raíces y gusanos.
                 Al final, el laberinto tenía paredes
                 de cristal y veía a la gente pasar.
                 Y así mucho rato.
                 Hasta que me desperté.

Ifigenia abre la boca
y bosteza de forma muy exagerada.

**Ifigenia**    —¡Vaya sueño más aburrido!

Aurelia se siente mal y calla.
Sus ojos se llenan de lágrimas.
Ana la defiende.

**Ana**    —No es muy emocionante,
        pero no importa.
        Lo bueno es que Aurelia
        ha conseguido
        recordar su sueño.

Juan y los demás niños le dan la razón,
pero Ifigenia no les hace caso.

**Ifigenia**    —¡Bua, tonterías!
        Mis sueños son mejores
        y son de verdad.

Suena el timbre de final del recreo.
Los niños dicen ¡ooooh! porque no da tiempo
a contar más sueños.

Ifigenia se levanta y se hace la interesante.

**Ifigenia**   —Mala suerte.
            Tendréis que esperar a mañana
            para escuchar mi sueño.

Aurelia pasa el resto del día enfadada.

Está enfadada con Ifigenia,
con el hada Clementina
y con el profe que la castiga
porque está distraída.

También está enfadada con los compañeros
que quieren animarla.

Aurelia no está contenta con su sueño.
Cuando llega a casa, no tiene ganas de jugar.

Aurelia se tumba en la cama y mira al techo.
Piensa en lo que ha pasado en el patio.

Se acuerda de Ifigenia y se enfada más todavía.
La cara se le pone roja
y piensa que le gustaría aplastarle la cara
en un plato de albóndigas.

Pero un plato de albóndigas podridas,
con mucha salsa.
Y después, un montón de moscas
le chuparían la cara.

Aurelia está rabiosa.

La madre de Aurelia entra en su habitación para hablar con ella.

**Madre**       —¿Qué tal en el colegio?
                  ¿Todo bien?

Aurelia no quiere responder.
Está de mal humor.
La madre se muestra cariñosa.

**Madre**     —¿Y qué tal la comida?
                ¿Qué habéis comido hoy?

**Aurelia**   —Nada bueno.

**Madre**     —¿Has cambiado cromos?

**Aurelia**   —Sí.

**Madre**     —¿Habéis empezado
                el mural del invierno?

**Aurelia**   —No.

Por la noche, suena el teléfono.
Los padres de Aurelia están en la cocina
y no lo oyen.

Aurelia está enfadada y descuelga.

**Aurelia**  —¿Dígame?

**Hada**  —¡Hola! ¿Cómo estás?
¿Qué tal el día?

Es la voz del hada Clementina.

**Aurelia**  —Muy mal.
Por tu culpa he hecho el ridículo.
Mi sueño era un aburrimiento.

**Hada**  —Ya lo sé, perdona.
Acordarse de los sueños aburridos
es un rollo.
La pócima no ha funcionado bien.
Lo siento, pero todo tiene solución.

**Aurelia**  —Déjalo, da igual.

**Hada**  —De eso nada,
las cosas no se dejan a medias.
Preparo otra pócima y te la mando.
Ahora sí saldrá bien.

## 3

# AURELIA Y EL MURCIÉLAGO

Aurelia se encierra en su cuarto.
Se pone a leer para que se le pase el enfado.

Alguien llama al cristal de la ventana.
Aurelia abre con cuidado
y un murciélago entra en la habitación.
Aurelia chilla porque es la primera vez
que ve a un murciélago tan cerca.
Y le da mucho asco.

Al oír el grito, el padre entra en la habitación
muy asustado.

**Padre**      —¿Qué son esos gritos?

En un segundo, el murciélago se convierte
en un pingüino de peluche
para que no lo descubran.

Aurelia se toca la rodilla para disimular.

**Aurelia**    —Nada, nada me he dado un golpe.

**Padre**    —Déjame ver.

**Aurelia**    —No, no.
            Solo es un golpe.

**Padre**    —Qué rara estás últimamente.
            Espero que mañana
            te levantes de mejor humor.

El padre sale de la habitación.
Cuando se quedan solos,
el pingüino se siente a salvo.

**Pingüino**    —¡Uf!, casi nos pillan.

Aurelia respira tranquila.
Su padre nunca creería lo del murciélago
que entra por la ventana y se convierte
en un pingüino de peluche.
Pensaría que está loca.

El pingüino se acerca a Aurelia
y le da el frasco que lleva colgado del cuello
con una cadena.

**Pingüino**     —El hada Clementina me ha dicho
                 que te traiga esto.

Aurelia no está convencida,
pero coge el frasco con la pócima nueva  y lo
guarda en el cajón de la mesilla.

El pingüino mira la habitación de Aurelia.
¡Está llena  de juguetes y libros!

**Pingüino**    —¿Quieres que juguemos a algo?
Me gusta mucho jugar a la oca.

Aurelia no sabe qué responder.
Piensa que pasar un rato con un murciélago
convertido en un pingüino de peluche
es una locura.

El pingüino insiste.

**Pingüino** —Venga, juega conmigo.
Solo una partida.

**Aurelia** —De acuerdo, pero solo una.

El pingüino prepara el tablero y las fichas.
Y lanza el dado.

**Pingüino** —Empieza el que saque
el número más alto.

**Aurelia** —¡Ya lo sé!

**Pingüino** —Vale, vale,
solo te lo recordaba.

Durante un rato, los 2 juegan sin decirse nada.
Aurelia tiene mucho sueño
y se equivoca al contar.
No se da cuenta de las trampas
que hace el pingüino.

**Pingüino**   —22, 27. De oca a oca
            y tiro porque me toca.

Cuando llega al final del juego,
el pingüino da una voltereta
y prepara las fichas para otra partida.

**Pingüino**   —Venga, vamos a jugar
            otra partida.

**Aurelia**   —No, estoy muy cansada.
            Hemos dicho que solo una.
            Adiós.

El pingüino agacha la cabeza
y se transforma en murciélago.
Aurelia abre la ventana
y el murciélago se pierde volando
en el silencio de la noche.

Aurelia destapa el frasco con cuidado,
toma una gota de la pócima y cierra los ojos.
Se siente bien.
Solo nota un sabor metálico.
Parece que dentro de su barriga
hay un montón de hierros oxidados.

# 4

# UN NUEVO SUEÑO DE AURELIA

Al día siguiente, en el colegio,
Aurelia sale al patio.
Tiene miedo.
Su corazón late muy rápido.
Desde que se ha levantado
no se quita el sueño de la cabeza.

Ifigenia saluda a Aurelia
con su sonrisa burlona de siempre.

**Ifigenia** —Aurelia, ¿hoy también tienes
una historia tan divertida
como la de ayer?

Los otros niños se ríen, solo Ana está callada.

Aurelia está temblando.
Se sienta, desenvuelve su bocadillo
y empieza a contar su sueño.
A su alrededor hay muchos niños
sentados en círculo.

**Aurelia**    —Camino por una casa abandonada.
Hay muebles tapados con sábanas
y muchas telarañas.
Las puertas crujen al abrirse.

Veo una habitación diferente.
No quiero acercarme,
pero algo me empuja a entrar.

La habitación está oscura,
pero por la ventana
entra la luz de la luna.

También hay muchos ruidos
y huele a ropa vieja.
De repente,
las sábanas empiezan a moverse.

Algunos de los niños que escuchan a Aurelia
se levantan del suelo y se marchan.
Tienen miedo, pero no lo quieren decir.
Se disculpan y dicen que tienen que hablar
con un profe.

Aurelia sigue contando su sueño.

**Aurelia**    —Las sábanas se mueven,
parece que respiran.

Quiero escapar, pero mis pies
se pegan al suelo y no puedo.
Oigo una respiración muy fuerte,
parece que alguien me persigue.
Intento quitarme las zapatillas
porque quiero salir corriendo.

Estoy muy nerviosa.
Me tiemblan los dedos
y no puedo desatarme
los cordones.

De pronto,
algo rompe una sábana.
Por el agujero
sale una mano blanca
con las uñas azules.

En este momento de la historia,
otros 3 niños se levantan y se marchan.
También tienen miedo.

Aurelia mira a los niños que siguen sentados
y continúa contando su sueño.

**Aurelia** —Por fin consigo
quitarme las zapatillas
y escapo de la habitación.
Todas las sábanas
se están rompiendo.
Parecen huevos de dinosaurio
abriéndose.

Alguien me persigue
y bajo unas escaleras muy rápido.
Me tropiezo y caigo rodando.

Ifigenia interrumpe a Aurelia.

**Ifigenia** —Este sueño no es verdad.
Seguro que lo has encontrado
en un libro de tus padres.
¡Eres una mentirosa!

Los demás niños también piensan
que Aurelia se ha inventado el sueño.
Incluso Ana duda que el sueño sea verdad.

Aurelia se pone muy triste.
No tiene ganas de hablar.
Pasa el día de mal humor
y contesta mal a sus amigos y a los profes.
Está enfadada con el hada Clementina
porque el sueño no ha funcionado.

Ifigenia ha conseguido lo que quería,
otra vez nadie ha creído su sueño.

Al salir del colegio,
Aurelia va a casa del hada Clementina.
La puerta de la casa está abierta
y Aurelia entra despacio.

Aurelia no sabe muy bien por qué,
pero siente que algo malo va a pasar.

Al final del pasillo, en la sala del tren eléctrico,
todo está muy desordenado.
Parece que alguien ha vaciado los armarios.

Aurelia se queda quieta y traga saliva.

**Aurelia**     —¡Hola!
         ¿Hay alguien?

La casa está en silencio como en su sueño.
Aurelia se imagina que alguien la persigue,
se le pone la piel de gallina.

**Aurelia**     —¿Hada Clementina?

Aurelia va hacia la puerta para marcharse,
pero, antes de salir, oye una voz.

**Voz**     —Hola, Aurelia.
         Sabía que ibas a venir.

# 5

## AURELIA CONOCE A GALB

**Aurelia**    —¿Quién eres?

**Voz**    —Soy yo, ¿no te acuerdas de mí?

Aurelia reconoce esa voz, sabe de quién es.
Es la misma voz del contestador, la locomotora,
el murciélago y el pingüino de peluche.

Aurelia está confundida, no sabe qué pasa.
Piensa que es un truco del hada Clementina
para hacerse la simpática.

**Aurelia**    —¿Dónde estás?

**Voz**    —Estoy aquí, debajo de las cajas.

Aurelia mueve las cajas,
pero debajo solo hay una grapadora.
Mira a su alrededor enfadada.

**Aurelia**    —¿Tienes ganas de bromas?

La grapadora responde y le tiembla la voz.

**Grapadora**  —No quiero bromas.
Me siento mal
por lo que ha pasado
con el sueño.
Además, hace un rato
ha venido Onofledis Baumol.
Para que no me descubra,
me he convertido en grapadora.

**Aurelia**  —¿Quién es ese?

**Grapadora**  —Onofledis Baumol
es un coleccionista
de seres mágicos.
¿No has oído hablar de él?
Dicen que tiene un montón
de elfos, dragones, sirenas
y otras criaturas fantásticas.
Las atrapa y encierra en su casa.
La casa está en las afueras
de la ciudad.
Tiene un jardín
y una valla muy alta.

**Aurelia** —No sé quién es ese señor,
pero ¿por qué estaba aquí?

**Grapadora** —¡Se ha llevado al hada!

**Aurelia** —No sé para qué se la ha llevado.
El hada es un desastre,
nunca acierta con sus pócimas.

**Grapadora** —Eso no es verdad.

**Aurelia** —Pues sí, porque nunca consigue
la pócima que necesito.

**Grapadora** —Bueno, eso es mi culpa.
Yo cambié los líquidos
de los frascos.

**Aurelia** —¿Y por qué lo hiciste?

**Grapadora** —Quería verte otra vez.
Pensé que si la pócima
funcionaba ya no ibas a volver.
Y eso me daba mucha pena,
porque me gusta tener amigos.

La grapadora, emocionada, sigue hablando.

**Grapadora**   —Ayer por la noche, en tu casa,
cuando era un pingüino,
me divertí mucho
jugando a la oca.

**Aurelia**   —Pero ¿tú quién eres?

La grapadora no sabe qué decir.

**Grapadora**   —Eso no importa.
Ahora tenemos que encontrar
al hada Clementina.

**Aurelia**   —Tienes razón,
no puedo seguir así.
Mejor no pensar más
en ese sueño.

**Grapadora**   —¿Quieres que te ayude?

**Aurelia**   —Tú solo eres una grapadora,
no sé cómo puedes ayudarme.

La grapadora, enfadada, gira como una peonza
y se convierte en un coche de choque,
luego en un perchero, una tarta de cumpleaños,
una camiseta, un espejo, un murciélago.
Y al final se convierte en un niño
de la misma edad y la misma altura que Aurelia.

**Grapadora**    —Soy un baldanders y puedo
convertirme en lo que quiera.
Ahora seré un niño como tú.

Aurelia está alucinada.
Se rasca los ojos y se sienta en una silla.
Le tiemblan las piernas.

El niño se acerca y le da la mano.

**Niño** —Me llamo GALB.
Ge, a, ele, be. Galb.
Y quiero ayudarte
porque Onofledis Baumol
se ha llevado al hada Clementina
por mi culpa.

Venía a buscarme a mí,
pero el hada Clementina
me ha protegido y me ha salvado.
Tengo que ayudarla.

Galb está triste.

Empieza a recoger las cosas que hay por el suelo
y a ponerlas en las estanterías.

Aurelia le ayuda y le acerca unos libros.

**Aurelia** —¿Qué crees que va a pasarle
al hada Clementina?

**Galb** —Seguro que Onofledis Baumol
le hace preguntas
para saber dónde encontrarme.
Creo que tiene muchas ganas
de atrapar a un baldanders.

Aurelia decide ayudar a Galb.

Le da una palmada en la espalda para animarle.

**Aurelia** —Juntos podemos evitar
que te atrapen.

**Galb** —¿De verdad quieres venir conmigo?

**Aurelia** —Claro, pero hay un problema.
Si llego tarde,
mis padres estarán preocupados.

**Galb**     —Tranquila, tengo una amiga
baldanders que puede convertirse
en una niña como tú.
Así, tus padres pensarán
que estás en casa.

Aurelia piensa un momento en esa idea
y confía en su nuevo amigo.

**Aurelia**     —De acuerdo, iré contigo.

Galb coge el teléfono y llama a su amiga.
Mientras Galb habla, Aurelia mira los frascos
del hada Clementina.
Huele los ingredientes y toca los libros.
Están llenos de palabras y dibujos misteriosos.

Galb termina de hablar por teléfono
y se transforma en un patinete eléctrico.
Su amiga baldanders se convertirá en Aurelia.

**Galb**     —Todo resuelto. ¡Nos vamos!
Sube y agárrate fuerte.
Llegaremos a casa de Onofledis
Baumol en un momento.

# 6

# LA CASA DE ONOFLEDIS BAUMOL

Cuando Aurelia abre los ojos,
la cabeza le da vueltas.
Parece que ha hecho muchos viajes
en una montaña rusa.
Galb la abanica para que se le pase el mareo.
Está un poco preocupado.

**Galb**      —¿He ido muy rápido?

**Aurelia**      —No. Sí. No lo sé.

Aurelia está tumbada bajo un árbol.
Intenta levantarse, pero vuelve a cerrar los ojos.
Recuerda viajar a toda velocidad en el patinete.
Pasaban entre coches, motos, gente, tiendas,
farolas, semáforos y señales de tráfico.

Aurelia se levanta despacio
y apoya la espalda en el tronco de un árbol.
Poco a poco se encuentra mejor.

**Aurelia**  —¡Qué mal lo he pasado!
Nunca me había mareado tanto.
Ni en el parque de atracciones.

**Galb**  —Lo siento mucho.

**Aurelia**  —No te preocupes.
Pero no pienso volver a montar
en tu patinete eléctrico.

**Galb**  —Tranquila, para escalar esa pared
no hace falta el patinete.

Aurelia mira el muro que rodea la casa
de Onofledis Baumol.
Es alto, de piedra y con una puerta de hierro.

**Aurelia**  —¿Y cómo entraremos?

**Galb**  —¡Es muy fácil!

Los dos amigos corren hacia el muro.
Al llegar, Galb se convierte
en una escalera metálica.

**Galb**  —Venga, sube.

Aurelia sube la escalera y asoma la cabeza.
Galb no puede ver y se impacienta.

**Galb**     —¿Qué ves? Dime qué ves.

**Aurelia**     —Veo caminos, un edificio,
un estanque con una fuente,
un invernadero, y ¿qué es eso?

**Galb**     —¿Qué pasa? ¿Qué has visto?

En un momento, la escalera
se convierte en unos prismáticos.
Aurelia no puede cogerlos
porque la escalera ha desaparecido.
De repente, siente sus pies en el aire y grita.
Cae y aterriza sobre la hierba.

Galb se da cuenta tarde de lo que ha hecho.
Da un salto y baja para estar a su lado.

**Galb**     —Lo siento mucho, perdona.
¿Te has hecho daño?

A Aurelia le duele un tobillo.
Galb está muy arrepentido.

Se acerca a Aurelia y le da la mano
para levantarla.

**Galb**      —¿Me perdonas?

**Aurelia**      —Sí, te perdono, pero ¿qué era eso?

**Galb**      —Son troles.
              Lo que has visto son troles.
              Son los guardianes de la casa.
              Va a ser difícil entrar.

Aurelia recuerda los seres raros que ha visto.
Tienen el pelo largo y negro, la nariz roja,
una joroba y la ropa gris con parches de colores.

**Aurelia**      —¿Por qué va a ser difícil entrar?

**Galb**      —Porque los troles
              son malos bichos y vigilan la casa.
              Tenemos que ir con cuidado.

Mientras hablan, Aurelia y Galb no han visto
la cámara de vídeo escondida
entre las ramas de un árbol.
La cámara los está grabando.

# 7

# ONOFLEDIS BAUMOL Y LOS TROLES

Onofledis Baumol está sentado
frente a una pared llena de pantallas.
Allí ve todos los rincones de la casa y su jardín.

**Onofledis**  —¡Vaya, vaya, vaya!
               ¿Quién está ahí?

Detrás de Onofledis Baumol
hay un trol que espera sus órdenes.
El trol se limpia las uñas de los pies
con la punta de un cuchillo.

**Trol**  —¿Quién es, señor?

**Onofledis**  —¡No hablo contigo!

Onofledis Baumol está enfadado.
Tiene las cejas juntas y la barba mal afeitada.

El trol agacha la cabeza, se calla
y se chupa los mocos que le cuelgan de la nariz.

Onofledis Baumol mira las pantallas.

**Onofledis** —Parece un baldanders.
¡Por fin voy a conseguir
uno de estos seres mágicos
para mi colección!
Y todo gracias al hada Clementina.
Pensé que iban a tardar más
en venir a rescatarla.

**Trol** —¿Quién es la niña que va con él?

**Onofledis** —La niña no me importa.

Mientras tanto, Aurelia y Galb
intentan saltar el muro de nuevo.
Galb se transforma otra vez en una escalera.

**Galb** —Sube, esta vez no te tiraré.
Te lo prometo.

Aurelia sube muy rápido
y se sienta en lo alto del muro.
Galb se convierte en tobogán
para que pueda bajar por el otro lado.

Aurelia y Galb se esconden
detrás de un tronco en el jardín.
Pero Onofledis Baumol
los ve por las cámaras de vídeo.

**Onofledis**  —¡Menudos pardillos!
Piensan que nadie los ve.

**Trol**  —Pero nosotros sí los vemos.
¿A que sí?

El trol está jugando con un moco.
Onofledis Baumol se enfada
y le lanza un bote de lápices y bolígrafos.

**Onofledis**   —¡No quiero verte más!
                ¿Lo has entendido?

Mientras tanto, los niños avanzan por el jardín.
Cada vez están más cerca de la casa.
Onofledis Baumol sigue sus movimientos
por las pantallas.

**Onofledis**   —Ya falta poco para la trampa.

Justo antes de llegar a la trampa,
Aurelia y Galb se esconden tras un arbusto
para vigilar las puertas y ventanas de la casa.
Galb las mira despacio y sospecha.
No sabe qué pasa, todo está muy tranquilo.
De pronto, ve una de las cámaras de vídeo.

Galb toca el hombro a Aurelia
y se pone un dedo en los labios
para que no diga nada.

Galb le señala la cámara a Aurelia.
El corazón de Aurelia late a toda velocidad.

**Aurelia**   —¿Qué hacemos?

Galb se para a pensar un momento.

**Galb**   —¿Sabes usar un tirachinas?

**Aurelia**   —No, pero parece fácil.

En un momento,
Galb se convierte en un tirachinas.
Aurelia coge una piedra, tira de la goma
y dispara a la cámara de vídeo.

**Aurelia**   —¡Le he dado!

Una de las pantallas se apaga.
Aurelia se pone a saltar de alegría,
pero Onofledis Baumol no puede verla
porque la cámara se ha roto.

Onofledis Baumol y el trol miran las pantallas.

**Trol** —Señor, no sé si lo ha visto,
pero una de las pantallas
no funciona.

Onofledis Baumol está muy enfadado.
Golpea el teclado del ordenador y la mesa
con sus puños, y grita.

**Onofledis** —¡Sí, ya lo sé!
Voy a esperar a que se muevan
para verlos por otra pantalla.

# 8

# LA SOBRINA DE ONOFLEDIS BAUMOL

Aurelia está muy contenta.

**Aurelia** —Lo he hecho muy bien, ¿verdad?
Para ser la primera vez
que uso un tirachinas,
he acertado.

El tirachinas se convierte en niño.

**Galb** —Lo has hecho muy bien,
pero solo has roto una cámara.
Hay cámaras por todas partes.
No podemos movernos
porque Onofledis Baumol
nos ve por las otras pantallas.

**Aurelia** —¿Qué quieres hacer?

**Galb** —Solo podemos colarnos en la casa
para desenchufar las pantallas.

**Aurelia** —Pero eso es muy peligroso.

**Galb** —¿Tienes una idea mejor?

**Aurelia** —No.

De pronto, suena el timbre de una bicicleta.
Galb y Aurelia se agachan detrás de un arbusto.

Por el camino viene una niña en bicicleta
a toda velocidad.
Aurelia no se lo cree.

**Aurelia** —¡Pero si es Ifigenia!

Aurelia no entiende qué hace ahí.
La puerta de la casa se abre
y aparece Onofledis Baumol.
Ifigenia se baja de la bicicleta y le da un beso.

**Ifigenia** —Hola, tío Onofledis.

**Onofledis** —¿Qué haces aquí otra vez?

**Ifigenia** —Es que necesito más sueños
para contar a mis amigos.
Se me acaban muy rápido.

Aurelia se da una palmada en la frente.
Acaba de darse cuenta de que Ifigenia
es la sobrina de Onofledis Baumol.

**Aurelia**    —Claro, es Ifigenia Baumol.

Galb tira de Aurelia hacia la casa.

**Galb**    —¡Vamos! Mientras ellos hablan,
Onofledis Baumol
no mira las pantallas.
Tenemos que aprovechar.

Aurelia y Galb empujan las puertas y ventanas
de la planta baja, pero todas están cerradas.
Aurelia está impaciente.

**Aurelia**    —¡Vamos a romper un cristal!

**Galb**    —Vaya idea tan mala.
Los troles pueden oírlo.

Galb piensa unos segundos.
Se convierte en un ciempiés
y pasa por debajo de la puerta.
En un momento, abre la puerta y entra Ifigenia.

Galb y Aurelia están dentro de la casa.
Caminan de puntillas para no hacer ruido.
Abren y cierran muchas puertas hasta encontrar
la habitación de las pantallas.

El trol que controla las pantallas está dormido.
Aurelia vigila el pasillo y Galb corta los cables
de las pantallas con unas tijeras.
De una en una, las pantallas se apagan
hasta quedar todas negras.

**Galb**      —Ahora tenemos que encontrar
           al hada Clementina.

**Aurelia**   —Vale, pero primero quiero saber
           para qué ha venido Ifigenia.

Galb pone mala cara, pero no quiere discutir.
Los 2 niños siguen el sonido de unas voces
y, después de subir unas escaleras de caracol,
llegan a un laboratorio enorme.

Ifigenia y Onofledis Baumol están dentro
con un gnomo atado a una silla.
El gnomo lleva una túnica y un gorro a rayas
y los mira sin decir nada.

Onofledis Baumol grita al gnomo.

**Onofledis** —¡Estoy harto de ti!
No seas cabezota.
Ifigenia quiere alguna historia
de las tuyas.

Aurelia y Galb están espiando desde la puerta.
Aurelia empuja un poco la puerta para ver mejor
y habla en voz baja.

**Aurelia** —¿Qué está pasando aquí?

**Galb** —No sé.
Es un gnomo especial,
un gnomo de los sueños.
Creo que Onofledis Baumol
le obliga a contar sus sueños
a Ifigenia.
No entiendo para qué.

**Aurelia** —Pues para hacer trampas.

**Galb** —No lo entiendo.
Ya me lo contarás,
ahora no hay tiempo.

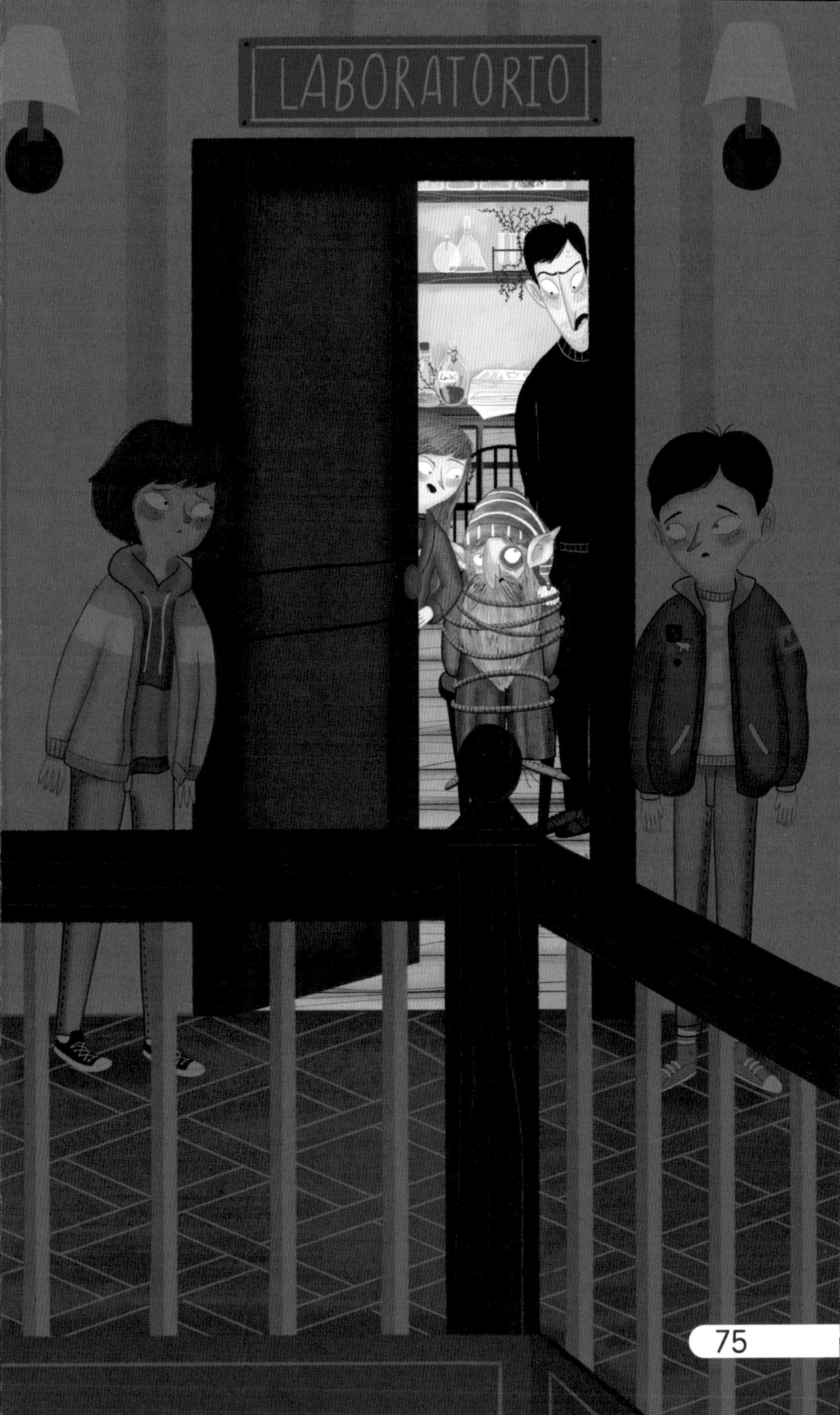
LABORATORIO

Aurelia y Galb empiezan a bajar las escaleras.
De repente, oyen a alguien que silba
y sube hacia el laboratorio.
Quieren esconderse, pero no pueden.

Solo pueden escapar por el laboratorio
y el silbido suena cada vez más cerca.

Galb se convierte en un pañuelo
y se mete en un bolsillo de Aurelia.

Aurelia está muerta de miedo.
Le gustaría poder convertirse en algo
para que no la descubran.

El trol llega al final de la escalera
y descubre a Aurelia.

**Trol**    —Escuchar detrás de las puertas
             es de mala educación.
             ¿No lo sabías?

## 9

# EL LABORATORIO
# DE ONOFLEDIS BAUMOL

El trol coge a Aurelia de la oreja
y entra en el laboratorio.

**Trol**        —Mire, señor, la he encontrado
                espiando ahí fuera.

Ifigenia y Onofledis Baumol miran al trol
que trae a Aurelia, muy asustada.

**Onofledis**   —¿Tú qué haces aquí?
                ¿Dónde está el baldanders?

El trol tira de la oreja a Aurelia.

**Trol**        —¿Estás sorda? ¡Responde!

Aurelia piensa en su casa.
Le gustaría estar allí con sus padres.
Aprieta fuerte los labios para no llorar.
El trol le tira un poco más de la oreja.

Ifigenia mira a Aurelia muy enfadada.

**Ifigenia**     —¿Qué haces tú aquí?

Onofledis Baumol mira extrañado a su sobrina.

**Onofledis**     —¿La conoces?

**Ifigenia**     —Bah, sí.
            Es una compañera de clase.
            Pero me cae fatal.

**Onofledis**     —Pues tiene que decirme
            dónde está el baldanders.
            O no volverás a verla jamás.

Aurelia tiene mucho miedo,
pero responde segura.

**Aurelia**     —No te lo voy a decir.
            Jamás te lo diré.

Onofledis Baumol cada vez está más enfadado.

**Onofledis**     —Llévala con el hada Clementina.
            A lo mejor así decide contarlo.

El trol empuja a Aurelia hacia la puerta,
pero la voz de Onofledis Baumol los detiene.

**Onofledis** —Un momento, Aurelia.
Antes de irte,
vacía tus bolsillos.
Deja todo encima de la mesa.

Aurelia saca de los bolsillos un yoyó,
una goma, un caramelo y una piedra.
Al final, saca el pañuelo y lo tira al suelo.

El trol coge el pañuelo y se suena los mocos.
Onofledis Baumol mira al trol muy enfadado.

**Onofledis** —¿Qué haces, bobo?
¿Por qué usas el pañuelo?

**Trol** —Señor, siempre me dice
que me suene los mocos
y ahora se enfada.

El trol deja el pañuelo encima de la mesa.
Aurelia piensa en Galb y en los mocos del trol
en el pañuelo y pone cara de asco.
Onofledis Baumol se da cuenta de que pasa algo.

Onofledis Baumol sospecha de Aurelia.
Ha intentado esconder el pañuelo
y luego ha puesto cara de asco.
Entonces, enciende una cerilla
y la acerca al pañuelo.

Galb quiere escapar de la cerilla,
pero todo ocurre muy deprisa y se paraliza.
Aurelia mira atenta la cerilla
y, cuando está cerca del pañuelo, grita.

**Aurelia**      —¡Noooo!

Onofledis Baumol apaga la cerilla
y encierra el pañuelo en una jaula de cristal.

**Onofledis**    —¡Por fin tengo un baldanders!
                  Esto hay que celebrarlo.

Aurelia se pone a llorar.

**Aurelia**      —Galb, lo siento. ¡Perdóname!

Ifigenia se ríe de Aurelia.

El trol todavía sujeta a Aurelia por la oreja.

**Trol**　　　—¿Qué hago con ella, señor?

**Onofledis**　—¡Dásela al grifo para cenar!

Ifigenia recuerda la fotografía
que su tío le enseñó de este animal fantástico.
Un león que tiene la cabeza, las alas
y las patas delanteras de un gallo.

**Ifigenia**　　—Tío, te estás pasando un poco.

**Onofledis**　—¿Qué dices?
　　　　　　　Pero si tu amiga te cae fatal.

**Ifigenia**　　—Sí, pero no quiero
　　　　　　　que se la coma el grifo.

**Onofledis**　—Me da igual, yo sí.
　　　　　　　Esta es mi casa
　　　　　　　y aquí mando yo.

# 10
## LA CUEVA DE ONOFLEDIS BAUMOL

El trol empuja a Aurelia por un almacén
lleno de jaulas de cristal colocadas en fila.
En el techo hay focos que iluminan todo.

Los seres mágicos casi no se mueven
dentro de las jaulas.
A Aurelia le recuerdan a los animales del zoo.
Le parece que están tristes y aburridos.

Mientras camina delante del trol,
Aurelia lee algunos carteles de las jaulas.

Conoce algunos nombres de los seres mágicos,
como unicornio de Malasia, bruja de Cahors,
sirena del Índico o elfo de Inari.
Aurelia ha oído esos nombres
en alguna historia o película.

Al fondo del pasillo de jaulas de cristal,
Aurelia ve una jaula vacía, preparada
para guardar al baldanders.
En el cristal hay un cartel con su nombre.
Piensa en Galb y se siente culpable y nerviosa.

Al llegar al final del almacén,
el trol abre una puerta de hierro
y Aurelia baja por una escalera hasta una cueva.
En la oscuridad, Aurelia consigue ver
unas jaulas gigantes y empieza a temblar.

El trol se ríe y le enseña una gran jaula.

**Trol**        —Aquí guardamos
                la comida para el grifo.
                Estas jaulas son su nevera.

El trol abre una de las jaulas
y quita las cadenas al hada Clementina.
El hada está despeinada y con la ropa sucia.
Al salir, se encuentra con Aurelia.

**Hada**        —¿Qué haces aquí, Aurelia?
                No entiendo nada.

Aurelia está a punto de llorar.
Quiere abrazar al hada Clementina
y hablar con ella.
Pero el trol las empuja por un pasillo.

**Trol** —El grifo estará muy contento.
Hace tiempo que no come
un menú de 2 platos.
Pero hoy es un día especial
y hay que celebrarlo.

El hada Clementina se frota las muñecas.
Las tiene rojas por culpa de las cadenas.

**Hada** —¿Qué hay que celebrar?

La cara de Aurelia se pone más triste.

**Aurelia** —Que han atrapado a Galb.

El hada Clementina siente rabia.

**Hada** —¡Al final lo ha conseguido!

El trol abre la puerta de una gran cueva.

**Trol**          —Onofledis Baumol nunca pierde.
                  Por eso estoy con él.
                  Dejad de hablar y entrad aquí.

Aurelia y el hada entran en la cueva.
El trol cierra la puerta y se marcha riendo.

**Trol**          —¡Buen provecho!

Las risas del trol suenan fuertes,
pero Aurelia y el hada Clementina
oyen otro ruido desde el fondo de la cueva.

**Aurelia**       —¿Qué es eso?

# 11

# LA VARITA MÁGICA DE EMERGENCIA

Aurelia y el hada Clementina están encerradas en la cueva.
Al fondo se oyen los ronquidos del grifo.
El hada Clementina acaricia a Aurelia.

**Hada** —No te preocupes.
Los grifos tienen mal humor,
pero este está durmiendo.
Es normal, pasa todo el día
aquí solo y aburrido.

Aurelia está inquieta.

**Aurelia** —Tenemos que darnos prisa.

**Hada** —¡No! Los grifos pueden dormir
muchos días enteros.
Montaré mi varita de emergencia
y saldremos de aquí enseguida.

Aurelia respira tranquila.

Se siente protegida.

Estar con el hada le recuerda a sus padres.

De repente, oyen un timbre muy fuerte
y la voz de Onofledis Baumol por un altavoz.

**Onofledis**   —¡Hora de cenar, amigos!
               Hoy hay menú especial
               para celebrar la llegada
               de un nuevo ser fantástico.
               Es un baldanders, se llama Galb
               y estará en la jaula 4D-213K.

Aurelia y el hada Clementina
ya no oyen los ronquidos del grifo.

El hada Clementina se preocupa.

**Hada**         —Vaya, ahora sí hay que correr.
               Con tanto ruido
               el grifo se ha despertado.

El hada Clementina se descalza
y saca de los zapatos 4 piezas de metal.
Son los trozos de su varita.

El grifo gruñe y el hada Clementina se asusta.
Le tiemblan las manos.

**Hada**       —Hace mucho que no uso
               esta varita mágica.
               No me acuerdo de cómo se monta.
               ¿Esto era así o al revés?

El grifo se acerca a Aurelia y al hada.
Aurelia nota los nervios en la barriga.

**Aurelia**    —¿Dónde está la varita de verdad?

**Hada**       —En casa, rota por la mitad.
               La rompió Onofledis Baumol.
               Pero esta varita también sirve.

**Aurelia**    —¿Te ayudo a montarla?

**Hada**       —Sí, por favor.
               Junta la pieza 2 con la 3.
               Muy bien, ahora la 3 con la 4.

Aurelia se acuerda de su padre
porque le gustan mucho los aparatos de espías.
Y esa varita parece uno de ellos.

Los ojos del grifo brillan en la oscuridad
y el hada Clementina empieza a sudar.
Sigue montando la varita de emergencia.

**Hada**    —Ya casi está.
          Ahora solo falta juntar
          la pieza 4 con la 1
          y ya está.

El grifo abre sus alas
justo cuando el hada Clementina
termina de montar la varita.

El grifo se prepara para atacarlas,
pero el hada se pone delante de Aurelia
y levanta su varita.
Señala al grifo y dice unas palabras mágicas.

# 12

# EL RESCATE DE GALB

Gracias a las palabras mágicas de Clementina,
el hada y Aurelia se convierten en 2 troles.
Ahora, Aurelia tiene el pelo negro y largo,
la nariz roja y grande
y la ropa con parches de colores.

El grifo se sorprende al ver a los 2 troles,
baja la cabeza y los huele de cerca.
Lame la cara de Aurelia
y vuelve al fondo de la cueva
moviendo la cola como un perro contento.

El hada Clementina se ríe.

**Hada**    —Creo que le has gustado.
            Hueles igual que el trol
            que lo cuida.

Aurelia se limpia la baba de la cara.

**Aurelia**    —¡Sí! ¡Qué gracia!

El grifo vuelve con una pelota en el pico
y la deja delante de Aurelia.

**Aurelia**  —¿Qué quiere el grifo?

**Hada**  —Quiere jugar contigo.

Aurelia lanza la pelota al fondo de la cueva.
El grifo sale corriendo, vuelve con la pelota
y espera mientras mueve la cola.
Aurelia se la lanza otra vez.

Mientras el grifo va a por la pelota,
Aurelia le cuenta al hada Clementina
lo que le pasó cuando tomó la última pócima.

Aurelia —Cuando bebí la nueva pócima,
tuve un sueño extraño.
Era una pesadilla.
Fui a tu casa, pero no estabas.
Me encontré con Galb
y me dijo que él
había cambiado los frascos.

El hada Clementina habla muy rápido.

Hada —Ya me extrañaba.
Soy un poco desordenada,
pero nunca me había confundido
con una pócima.

Cuando vuelva a casa,
te prepararé una pócima
para espantar pesadillas.

Y hablaré con Galb.
¡Te ha puesto en peligro!

**Aurelia**   —¡No le regañes!

Galb quería ser mi amigo.

Dice que los niños no van a verte.

El hada se pone triste.

**Hada**   —Sí, eso es verdad.

Ahora los niños no me visitan.

Aurelia y el hada se quedan en silencio.

Aurelia se toca la chaqueta, mojada de mocos.

**Aurelia**   —Cuando salgamos de aquí,

me quiero quitar esta ropa.

Me da un poco de asco.

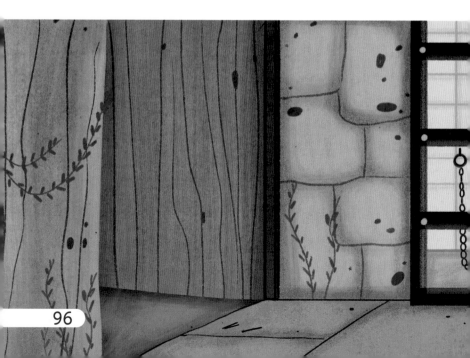

**Hada**   —Todavía no te la quites.
Onofledis Baumol
tiene muchos troles.
Nadie se dará cuenta
de que somos nosotras.

El hada Clementina espera a que el grifo
vaya al final de la cueva para abrir la puerta.
Coge 2 horquillas e intenta abrir el cerrojo.

Después de 6 intentos lo consigue.
Aurelia y el hada salen de la cueva,
corren por el pasillo y suben al almacén
de las jaulas de cristal.

Mientras se escapan, Aurelia y el hada escuchan llorar y gritar al grifo.
A Aurelia le da pena.

**Aurelia**     —Pobrecito.

**Hada**     —Sí, pero no podemos hacer nada.

Al llegar al almacén, tropiezan con 2 troles.

**Troles**     —¿Qué pasa aquí?
         ¿De dónde venís?
         ¿Quién está llorando?

Aurelia tiene miedo de que la descubran y se queda callada.
El hada confía en su magia.

**Hada**     —Hemos llevado a la niña
         y a la vieja a la cueva del grifo.
         Se las ha comido enteras,
         por eso grita pidiendo más.

Los troles se creen la mentira y se marchan.

Aurelia y el hada buscan la jaula 4D-213K
y encuentran a Galb sentado en un rincón.
Tiene la ropa manchada de los mocos del trol.
Galb está muy desanimado.

Aurelia y el hada Clementina golpean el cristal
de la jaula con los dedos.

Galb se acerca al cristal.

**Galb**        —¿Qué queréis, troles apestosos?

El hada Clementina habla muy bajito.

**Hada**        —Somos nosotras, Aurelia y yo.

Galb sonríe y respira aliviado.

**Galb**        —Pensaba que el grifo
                os había comido.

Aurelia niega con la cabeza

**Aurelia**     —Casi nos come,
                pero el hada es genial.

Galb sonríe.

**Galb**     —Ya te lo dije.
            Pero creo que no puede
            sacarme de aquí.
            Las jaulas de Onofledis Baumol
            son muy seguras.

El hada Clementina mira la jaula y piensa.

**Hada**     —Seguro que hay una salida.

**Galb**     —¡No sé cuál!
            He intentado romper el cristal,
            hacer agujeros, cavar un túnel.

**Hada**     —¡Puedes convertirte en agua!

**Galb**     —¡Claro! ¡No lo había pensado!

Galb se transforma en un charco de agua
e intenta escaparse.

Lo intenta varias veces, pero no lo consigue.
Se desliza de un lado a otro buscando grietas,
pero no encuentra espacio para pasar.

Galb está desesperado y vuelve a sentarse.

**Galb**  —Da igual, escapad vosotras.

Aurelia no le hace caso.
Piensa que tiene que haber una solución.

**Aurelia**  —¡Ya lo tengo!

## 13

# DE VUELTA A CASA

El hada Clementina y Galb están impacientes.
Quieren conocer la idea que se le ha ocurrido
a Aurelia para sacar a Galb de la jaula.
Aurelia está nerviosa.

**Aurelia**    —Creo que tengo la solución.
La luz de los focos entra y sale
de la jaula, ¿verdad?
Entonces, Galb puede convertirse
en luz y salir.

**Galb**    —¡Bien pensado!

En un momento, Galb se convierte
en una bola de luz y atraviesa el cristal.
El hada Clementina y Aurelia abrazan a Galb,
transformado otra vez en niño.
Los demás seres mágicos
miran a los 3 amigos desde sus jaulas.
No se mueven.

Galb mira a Aurelia y le toca la nariz de trol.

**Galb** —¿Sabes?

Esta nariz roja te queda muy bien.

**Aurelia** —Muy gracioso.

Aurelia mira las otras jaulas de cristal
y se para delante de una jaula pequeña y sucia.
El gnomo de los sueños está dentro.
Tiene un ojo morado y le sangra la nariz.

Al ver un trol tan cerca,
el gnomo tiembla de miedo
y se va al fondo de la jaula.

Aurelia se pone a llorar.
Le gustaría salvar al gnomo de los sueños,
pero no sabe qué hacer.

**Aurelia**   —No puede ser.
       Hay que impedir
       que Onofledis Baumol
       siga haciendo estas cosas.

**Galb**   —No te preocupes, salvaremos
       a todos los seres mágicos.
       Tú y el hada, esperadme fuera.

**Aurelia**   —¿Adónde vas?

**Galb**   —A abrir las jaulas.

**Aurelia**   —Pero ¿cómo?

Galb desaparece y Aurelia se enfada.

**Aurelia**   —¡No vale, Galb! ¿Dónde estás?

La voz de Galb se oye desde los cables del techo.

**Galb**   —Aquí arriba, en los cables.
Soy un virus informático.
En la habitación de las pantallas,
Onofledis Baumol
tenía ordenadores
que vigilaban las jaulas.
¡Borraré toda la información
y podremos abrir las jaulas!

Aurelia y el hada Clementina
esperan a Galb en el jardín.
El hada dice las palabras mágicas
para romper el hechizo
y volver a ser una niña y un hada.

Los minutos pasan muy despacio.
De repente, la puerta de la casa se abre
y Onofledis Baumol sale corriendo
detrás de un guepardo.
Detrás de ellos van Ifigenia
y 6 troles con escopetas.

El guepardo se acerca gritando a sus 2 amigas.

**Guepardo** —¿Estáis listas para volar?

Galb se convierte en un avión.
El hada Clementina y Aurelia se suben
y el pequeño avión despega.

Onofledis Baumol coge la escopeta de un trol.
Pero, cuando está a punto de disparar,
Ifigenia se pone delante de él.

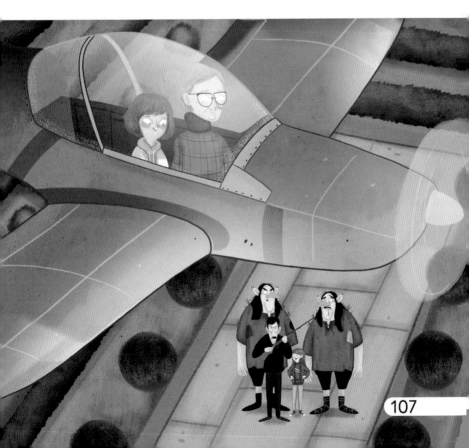

Ifigenia no quiere que su tío les dispare.

**Ifigenia** —¡No, basta ya!

**Onofledis** —¡Quita!

**Ifigenia** —¡No! No está bien lo que haces.
Tienes encerrados
a muchos seres mágicos ahí dentro.
Hace mucho que lo pienso,
pero no me atrevía a decírtelo.
Quería los sueños del gnomo
para contarlos en el cole.

**Onofledis** —¡Vete de aquí!

**Ifigenia** —¡No!

Onofledis Baumol se pone muy nervioso,
la empuja fuerte y la tira al suelo.
De pronto, los seres mágicos escapan
por las puertas, las ventanas y la chimenea.
Huyen por el jardín, escalan los muros
y vuelan por encima de los árboles.
Aurelia dice adiós a Ifigenia desde el avión.
Se siente más feliz que nunca.

Onofledis Baumol se sienta en un banco
y no se da cuenta de que muchos seres mágicos
le rodean para encerrarlo en una jaula de cristal.

Un rato después, el avión aterriza en la calle.
Los vecinos se asoman a la ventana,
pero solo ven 2 niños y una viejecita.

Clementina saca su varita y enciende la luz.

**Hada**     —Entrad en casa.
             Aún tenemos cosas que hacer.

# 14
## OTRA VEZ EN EL COLEGIO

Aurelia está cansada y quiere irse a la cama,
pero tiene miedo.
No quiere soñar una pesadilla otra vez.

El hada Clementina busca los ingredientes
para preparar la pócima espanta pesadillas.

Mientras tanto, Galb y Aurelia juegan al parchís.
Aurelia tiene mucho sueño y no se da cuenta
de que Galb está haciendo trampas.

**Galb**        —39 más 3 son 45.
                Te como una y cuento 20.

El tablero empieza a hacer ruido
y el dado le da un calambre.
Galb grita y suelta el dado.

El hada Clementina se da cuenta de lo que pasa.

**Hada**         —¿Quién ha hecho trampas?

Galb sabe que ha hecho trampas y desaparece.
Aurelia, enfadada, guarda el parchís.

**Aurelia**      —Ahora entiendo por qué
                    me ganó el otro día.

El hada Clementina termina la pócima
y le da una cucharada a Aurelia.

**Hada**         —A partir de ahora,
                    ya no tendrás pesadillas.

Aurelia se acuesta y duerme toda la noche.
Por la mañana, el hada prepara el desayuno.

**Hada**         —¿Te animas a probar otra pócima?

**Aurelia**      —Ya no la necesito.
                    Da igual si no recuerdo los sueños.
                    Unos se acuerdan y otros no.
                    No hace falta soñar
                    para vivir aventuras fantásticas.

| | |
|---|---|
| **Hada** | —Vale, pero ya sabes que puedo ayudarte cuando quieras. |
| **Aurelia** | —¿Dónde está Galb? Me gustaría despedirme. |
| **Hada** | —No lo sé. No le he visto desde anoche. |

Después de desayunar, Aurelia sale a la calle.
Va a la esquina de su casa
y espera a la otra Aurelia.
Al verla salir hacia el colegio,
se acerca por detrás y la saluda.

| | |
|---|---|
| **Aurelia** | —Hola, buenos días. ¿Cómo te ha ido? |

La otra Aurelia le cuenta a Aurelia
que sus padres son geniales
y no han notado el cambio.

Las 2 Aurelias son idénticas.
El pelo corto, la cara redonda,
los ojos alargados, las 2 pecas juntas
en la mejilla izquierda.

En el recreo, Aurelia recuerda
cómo Ifigenia les salvó de Onofledis Baumol.

**Aurelia** —A lo mejor Ifigenia y yo
podemos ser amigas.

Cuando Ifigenia sale al patio, sus compañeros
le piden que les cuente un sueño.
Ifigenia no les hace caso
y se sienta junto a Aurelia.

**Ifigenia** —No me acuerdo, pero Aurelia
os contará una historia de verdad.
Os gustará más que un sueño.

Aurelia no sabe por dónde empezar.
Mientras tanto, el director del colegio
se acerca con un niño nuevo.

**Director** —A partir de hoy,
tendréis un nuevo compañero.

El niño le guiña el ojo a Aurelia y sonríe.

**Galb** —Hola, me llamo GALB.
Ge, a, ele, be. Galb.

## TE CUENTO QUE BEATRIZ CASTRO...

De pequeña, antes de dormir,
cruzaba los dedos para tener sueños felices.
Algunas veces tenía suerte y otras no.
Soñaba con habitaciones llenas de pasteles
y con días soleados en la playa.
Su sueño favorito era poder volar.

A la hora del recreo,
toda su clase se sentaba en círculo
y contaban sus sueños.
Entre todos los amigos se inventaron
el club de los mejores sueños.
Beatriz nunca contó el mejor sueño,
pero consiguió su gran fantasía:
dibujar historias para otros niños.

**Beatriz Castro** nació en Logroño en 1985.
Vive con su familia y sus perros, Oliver y Frida,
y un conejo llamado Gris.
Le encanta dibujar y también le gusta viajar.
Colabora con editoriales de todo el mundo
y sus dibujos están en un montón de libros.

## TE CUENTO QUE A EDUARD MÁRQUEZ...

De pequeño, sus padres le colgaban tebeos
de la cuna para mirar los dibujos y los colores.
Eduard lloraba cuando los tebeos se caían.

Empezó a escribir a los 14 años y todavía sigue.
Además de los libros,
a Eduard le encanta la música.

Le gustan las cosas bien hechas,
es trabajador y a veces es un poco cascarrabias.
También es muy comilón
y le cuesta elegir su comida favorita:
una fideuá, unas almejas,
un plato de tomate con anchoas
o un simple melocotón.

**Eduard Márquez** nació en Barcelona en 1960.
Después de estudiar Literatura,
fue profesor y traductor.
En la actualidad, Eduard escribe poemas,
cuentos y novelas para niños y adultos.

# Si te ha gustado este libro, visita

LITERATURA**SM**•COM

Allí encontrarás:

- Un montón de libros.
- Juegos, páginas descargables y vídeos.
- Concursos, sorteos y propuestas de actividades.

¡Y mucho más!

## Para padres y profesores

- Noticias de actualidad, redes sociales y suscripción al boletín.
- Propuestas de animación a la lectura.
- Fichas de recursos didácticos y actividades.